AF326116

COMMISSAIRES-PRISEURS DE ROUEN
ET DE L'ARRONDISSEMENT

CATALOGUE

DE LA

VENTE AUX ENCHÈRES PUBLIQUES

Après le DÉCÈS de

M. de GLANVILLE, de Rouen

BELLES FAIENCES

ÉMAUX — ARMES — BRONZES

CASQUE GAULOIS

FERRONNERIE D'ART

MARBRES, BOIS SCULPTÉS, ALBATRES

des XV⁰, XVI⁰ et XVII⁰ siècles

OBJETS PRÉHISTORIQUES

CURIOSITÉS

COIFFE DE Mᵐᵉ ELISABETH DE FRANCE

HOTEL DES VENTES DE ROUEN

46, rue Saint-Nicolas

Les Jeudi 30 Avril, Vendredi 1ᵉʳ et Samedi 2 Mai 1903

A 1 HEURE 1/2

PAR LE MINISTÈRE DE L'UN DES COMMISSAIRES-PRISEURS DE ROUEN

ASSISTÉ DE

M. VANNES, Expert, 54, Faubourg-Montmartre, à Paris

EXPOSITION PUBLIQUE

Le Mercredi 29 Avril 1903, de 2 h. à 6 heures

ORDRE DES VACATIONS

Jeudi 30 avril

Faïences.
Porcelaines.

Vendredi 1er mai

Fin des porcelaines.
Emaux.
Armes.
Ferronnerie.
Bois sculptés.

Samedi 2 mai

Suite de bois sculptés, marbres, albâtres.
Bronzes.
Objets de vitrine.
Objets préhistoriques.

CONDITIONS DE LA VENTE

La vente sera faite au comptant.

Les adjudicataires payeront *dix pour cent* en sus des enchères.

L'exposition permettant au public de se rendre compte de l'état et de la nature des objets, il ne sera admis aucune réclamation une fois l'adjudication prononcée.

3806. — Paris, Imprimerie C. Chaufour, 8-10, rue Milton

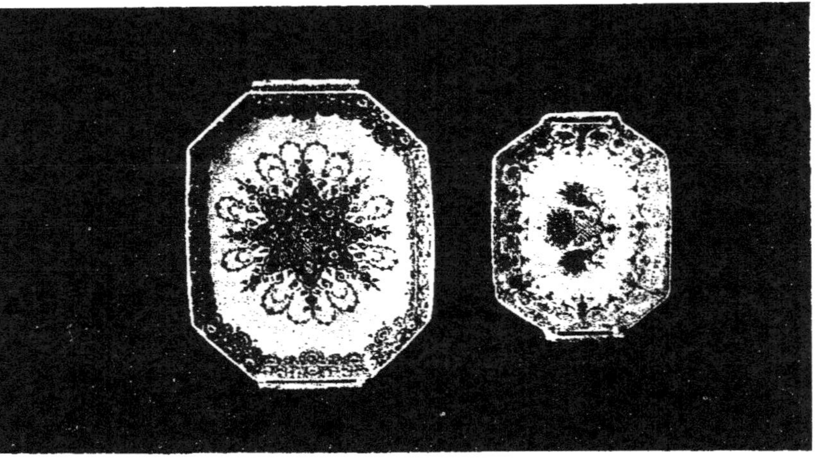

Nᵒˢ 1 et 2

DÉSIGNATION

FAIENCES DE ROUEN
POLYCHROMES

1 — Grand plat à anses de forme hexagonale, décoré au centre d'un médaillon rayonnant; le marli est orné de fleurs couleur d'ocre en réserve sur fond gros bleu, avec bandes de petits lambrequins, décor ocre, bleu et rouille.

Long. : 0^m45.
Larg. : 0^m3o.

2 — Bannette à anses, au centre, une corbeille fleurie accolée de deux cornes d'abondance torsadées d'où s'échappent des fleurs, le tout reposant sur un lambrequin, le marli est à volutes fleuries séparées par des lambrequins.

3 — Petit plat rond, creux, décoré en bleu et rouille de lambrequins.

4 — Plat hexagonal creux, décoré d'attributs chinois.

5 — Assiette chantournée, décorée au centre d'une corbeille fleurie et au marli de guirlandes de fleurs et de médaillons.

6 — Assiette décorée au centre d'une corbeille fleurie, le marli est à réserves de lambrequins, reliés par des guirlandes de fleurs, décor en bleu, rouille et jaune d'ocre.

7 — Compotier hexagonal de même décor.

8 — Assiette, le fond semé de fleurettes, le marli est à réserves quadrillées séparées par des fleurs.

9 — Assiette chantournée, au centre, un casque contenant fruits et fleurs, le marli est semé de cornes d'abondance, de volutes et fleurettes.

10 — Assiette chantournée, décor chinois.

11 — Assiette chantournée, décor chinois, tigre, oiseaux et fleurettes au marli.

12 — Deux compotiers chantournés, décor au carquois en rouge, vert et jaune.

13 — Plat bannette à anse, décoré au centre d'attributs, carquois, oiseaux, marli fleuri.

14 — Curieux plat bannette à anses, le centre est décoré de Chinois buvant et fumant l'opium, au milieu d'un paysage montagneux, le marli en gros bleu est réservé de fleurs et de fruits.

Au revers on lit : Nicolas H. V., 1738.

15 — Grande bannette à anses, le fond à décor chinois, marli quadrillé, semis de crevettes et de fleurs.

16 — Plat rectangulaire creux, décor à la double corne.

17 — Grand plat rond, chantourné, au fond un petit décor chinois, sur le marli fleuri et à lambrequins, se trouve un écusson surmonté d'une couronne terminée par une crosse d'évêque.

18 — Deux soupières à anses, décor fleuri, les couvercles sont terminés par un fruit feuillagé formant le bouton.

19 — Légumier rectangulaire chantourné, décor à la pagode.

20 — Grande soupière rectangulaire, décor au carquois et lambrequins.

21 — Couvercle de soupière à lambrequins, guirlandes de fleurs, le bouton est fait d'un serpent enroulé.

22 — Deux assiettes à la corne tronquée.

23 — Christ sur pied rectangulaire, décoré d'un calvaire et de lambrequins.

24 — Deux compotiers, décor à la corne.

25 — Compotier rectangulaire, décor à la corne.

26 — Grand plat long chantourné, décoré de tulipes d'anémones et autres fleurettes.

27 — Compotier, décor à la rose.

28 — Plat-bannette à anse en serpents, rond, chantourné, décoré au centre en jaune citrin et vert de cuivre, d'une scène galante entourée d'un semis de fruits et feuillages.

29 — Plat rond chantourné, décor à la rose.

30 — Deux bouquetières rectangulaires décorées de roses et de tulipes.

31 — Plat creux dentelé et cannelé, décoré au fond de fruits et de fleurs.

32 — Deux plats ronds chantournés, décor à la double corne.

33 — Plat à barbe, décor à la pagode, le marli est à parties quadrillées et à réserves ornées de pavillons chinois.

34 — Bannette à anses, décor à la pagode, marli quadrillé et à fleurettes.

35 — Grand pichet à anses, décoré sur la face d'une crucification, sur les côtés de vues de châteaux.

36 — Autre pichet à l'effigie de Saint-Etienne avec dédicace : E. NIENNE-MOUQUET.

37 — Pichet en Sinceny à anse torsadée, décoré d'une scène religieuse; à l'embase, une inscription : Charles LANOYE, Marie-Anne MÉNOT, 1776.

38 — Trois pichets à anses. Ce lot sera divisé.

39 — Deux bannettes creuses à lambrequins.

40 — Cinq saucières, décor chinois.

41 — Deux porte-huiliers avec leurs burettes.

42 — Trois burettes à couvercles.

43 — Trois boîtes à épices et deux coquetiers.

44 — Fontaine et son bassin.

45 — Quatre corps de fontaines, décors variés. Ce lot sera divisé.

46 — Bassin de fontaine à mascarons.

47 — Trois cachepots, décors variés.

48 — Soupière en Sinceny, décor à la corne.

49 — Pichet à galerie ajourée, Sinceny.

50 — Pot à cidre à couvercle.

51 — Quatre assiettes à la corne.

52 — Quatre assiettes décorées de fleurs.

53 — Plat chantourné, décor à la tulipe.

54 — Porte-huilier à mascarons, décor à fleurs.

55 — Petit légumier, anses à palmettes.

56 — Petit bol d'accouchée à décor chinois; au fond et en bleu, médaillon de femme avec inscription : Catherine BELLEAIS; marli intérieur quadrillé.

57 — Théière décor à fleurs.

58 — Cafetière décor à fleurs et fruits.

59 — Petit bouillon d'accouchée à anses fait pour Rose LEBLAN, 1776.

60 — Soulier, décor à lambrequins et fleurs, daté 1771.

ROUEN BLEU

61 — Grand plat à double écusson central avec lambrequins au marli.

62 — Grand plat rond décor à lambrequins.

63 — Deux grands plats ronds, corbeilles de fleurs au centre, lambrequins au marli.

64 — Quatre bannettes carrées à anses torsadées.

65 — Deux assiettes à médaillon central et lambrequins au marli.

66 — Plat creux dentelé avec corbeille fleurie accolée de deux amours.

67 — Assiette chantournée à corbeille et motifs quadrillés et fleurs.

68 — Deux plats, dont un chantourné, à corbeilles centrales, imbrications au marli.

69 — Paire de bouteilles et une potiche, décor à lambrequins.

70 — Deux porte-huilliers à mascarons.

FAIENCES DIVERSES

71 — Plat en faïence d'Urbino, représentant une scène guerrière.

72 — Plat ovale, représentat la décollation de Saint-Jean, bords dentelés et relevés à bossages. Suite de Palissy.

73 — Plat ovale à bords relevés, le centre représente La Nymphe de Fontainebleau, réservée en blanc sur un fond de roseaux, à ses pieds un chien de chasse en arrêt. Suite de Palissy.

74 — Plat rond dentelée à mascarons. Suite de Palissy.

75 — Plat ovale à intérieur lobé, à parties volutées et ajourées, suite de Palissy.

76 — Delft. Plaque polychrome, décor chinois encadrement de volutes.

77 — Delft. Grand plat décoré de chinois marli à compartiments décor bleu.

78 — Delft. Potiche et son couvercle décorée en bleu sur blanc de personnages chinois et de fleurs.

79 — Delft. Sept assiettes décors en couleurs variés.

80 — DELFT. Plat bleu sur blanc, oiseau et fleurs.

81 — STRASBOURG. Soupière à fleurs.

82 — STRASBOURG. Sucrier décoré en camaïeu rose, couvercle à bouton fait d'un fruit.

83 — STRASBOURG. Six assiettes à fleurs.

84 — STRASBOURG. Trois compotiers dentelés à fleurs.

85 — NEVERS. Trois assiettes et deux pichets.

86 — MARSEILLE. Huillier et burettes.

87 — STRASBOURG. Deux tasses et soucoupes.

88 — MARSEILLE. Bouquetière jaspée.

89 — MARSEILLE. Assiette à écusson décor rose

90 — APREY. Deux assiettes décorées d'oiseaux, de cerises et de fleurettes.

91 — MARSEILLE. Deux vases à fleurs, décorés d'anémones et d'autres fleurettes.

92 — Terre de pipe. Une théière, deux assiettes et une coupe à couvercle.

93 — Epi de faîtage de la Vallée d'Auge décoré de coquillages, têtes de mascarons, de volutes et de fruits. Le sommet est terminé par une statuette de femme en forme de syrène, décor polychrome. Renaissance.

94 — Autre épi polychrome du Pré d'Auge à têtes de femmes, volutes, croissants et fruits. Le sommet est terminé par un oiseau. Pièce en bon état de conservation. Provenant de Falaise. Renaissance.

95 — Pot à anse en grès de Flandre vernissé en bleu.

96 — Pot à bière en grès de KREUSSEN, couvercle en étain.

97 — Pot à lait en grès de Flandre à anse, décor vernissé bleu et brun, mascaron au col. couvercle en étain.

98 — Deux pots à lait en faïence à anse torsadée, vernissé et feuillagé, suite de PALISSY.

99 — Pot ovoïde à goulot terminé par un buste de femme. Pré d'Auge XVIIe siècle.

100 — Lampe d'applique en terre vernissée trouvée à Rouen dans un puits rue Bourg-l'Abbé. XVIe siècle.

101 — Pot attrape à galerie ajourée en terre vernissée.

102 — Curieux pot en terre vernissée, à anse, de forme ovoïde terminé par un cavalier à cheval, avec l'inscription : Madame de MENNEVAL, 1786.

103 — Gourde de chasse à panse aplatie, décorée de mascarons. Suite de PALISSY.

104 — Soupière en terre vernissée brune, à anse torsadée et ornée en relief de feuillages et fruits.

105 — Vase fontaine pointillée en terre rouge vernissée avec palmettes réservées.

106 — Fontaine en terre vernissée, décor à feuillage.

PORCELAINES

107 — SAINT-CLOUD. Légumier et son plateau en pâte tendre blanche.

108 — SAINT-CLOUD. Vase à fleur à anses, palmettes décoré en bleu de lambrequins, embase et collerette cannelées, pâte tendre.

109 — SAINT-CLOUD. Trois tasses, quatre soucoupes présentoires et deux sucriers en pâte tendre, décor bleu.

110 — CHANTILLY. Coupe en pâte tendre, décor bleu.

111 — SAXE. Une assiette, un moutardier, une coupe et un pot à pommade, décors variés.

112 — PARIS. Quatre tasses décorées de fleurs.

113 — SAINT-CLOUD. Douze couteaux. manches à décor bleu, dans un écrin frappé de nombreuses fleurs de lys.

114 — SAINT-CLOUD. Six couteaux semblables aux précédents. Ecrin cuir.

Nᵒˢ 137 et 138

PORCELAINE DE CHINE

115 -- Cachepot à réserves de fleurs sur fond havane.

116 — Dix-huit assiettes à fleurs et lambrequins décors variés, sera divisé.

117 — Grand plat à fleurs, famille verte.

118 — Plat à galerie ajourée, de la Compagnie des Indes.

119 — Deux plats à chrysanthèmes famille rose.

120 — Trois petits plats décors variés.

121 — Théière et sucrier de la Compagnie des Indes.

122 Neuf belles assiettes famille rose dont une en demie coquille.

123 — Quatorze assiettes décors variés.

124 — Lapin blanc portant un vase jaune impérial entouré de fleurettes en haut relief.

125 — Pot à eau et son bassin, décor fleuri.

126 — Vingt-quatre assiettes décor à fleurs.

JAPON

127 — Dix-neuf assiettes en vieil Imari.

128 — Dix-huit assiettes en vieil Imari décor à chrysanthèmes.

129 — Dix-neuf assiettes décor bleu sur blanc.

130 — Deux petits plats à trèfles.

131 — **Plat en** vieil Imari rouge.

132 — Bouteille à fumer en Japon bleu.

133 — Pot à Gingembre en porcelaine d'Imari.

134 — Dix assiettes diverses.

135 — Vingt-neuf tasses et soucoupes en Chine et Japon.

136 — Environ quatre vingt pièces faïences et porcelaines diverses. Sera divisé.

EMAUX

137 — Croix processionnelle en cuivre émaillé et champ-levé, ornée de cabochon ; à droite et à gauche du christ étendu sur la croix, deux statuettes à mi-cosps, au revers sept plaquettes en émaux champ-levé. Travail Limousin du XIIIᵉ siècle.

Hauteur : 0ᵐ57.

138 — Pyxide en émail champ-levé de forme conique, le chapeau est surmonté d'une croix — Limoges XVᵉ siècle.

139 — Bénitier — L'annonciation par Jean LAUDIN, Limoges.

140 — Plaque en émail représentant une flagellation. Limoges fin du XVIᵉ siècle.

141 — Christ en émail champ-levé. Limoges XIIIᵉ siècle.

142 — Coupe multilobée en cuivre émaillé, à médaillon central décoré d'une effigie d'Orphée. Jean LAUDIN. Limoges XVIIᵉ siècle.

143 — Plaquette oval en cuivre émaillé, représentant l'annonciation. Limoges XVIIᵉ siècle.

144 — Petit médaillon en cuivre émaillé de Limoges. Le Baptême de Jésus. XVIᵉ siècle.

ARMES

145 — Casque Gaulois.

> Il est en bronze de forme triangulaire lancéolée à arètes vives, il porte deux ardillons sur les parties antérieures et postérieures, et deux ailerons d'attache sur chacun des côtés. Ce casque est fait de deux parties arrondies au marteau et embouties, on voit quelques stries sur les arètes extérieures.
>
> Hauteur 0ᵐ24.
> Diamètre 0ᵐ22.
>
> Ce casque fut trouvé avec six autres semblables dans les fouilles d'une lande à Falaise. Vers 1850.
>
> Deux figurent au Musée de Falaise, un se trouve au Musée de Rouen, vitrine n° 8. Celui que nous désignons ici est venu dans la collection de M. de GLANDVILLE par suite de succession. Nous ignorons où sont passés les trois autres qui d'ailleurs étaient en fort mauvais état de conservation.

146 — Arquebuse à Rouet, incrustée d'ivoire gravée d'animaux d'arabesques et de personnages, la fermeture du magasin est faite d'une plaquette d'ivoire gravé d'un lion, la batterie et le porte silex sont aussi gravée d'animaux et de volutes. Travail Allemand du XVIIᵉ siècle.

147 — Couteau de chasse de SOLINGEN, à coquille sous laquelle se trouve un pistolet appuyé sur une lame plate et gravée, époque Louis XV.

148 — Grande épée allemande, à deux mains quillons arqués, manche garni en corde.

149 — Epée à lanterneau formant garde, la lame est gravée de la date 1414.

150 — Rapière à lame triangulaire, quillons droits, pommeau en pomme de pin, XVIᵉ siècle.

151 — Autre épée rapière, à lame triangulaire gravée d'inscriptions, à coquille ajourée et imbriquée, garde et quillons courbés, main en bois cordé, pommeau ciselé.

152 — Deux épées à lames triangulaires à coquilles ajourées et quillons, XVIIIᵉ siècle.

153 — Grand mousquet de reitre, sculpté sur chaque face de deux marguerites et d'un cœur.

154 — Couteau de chasse époque Louis XV, manche en corne et bandes de nacre, garniture en argent.

155 — Couteau d'époque Louis XVI à lame double partie argent, partie acier, le manche en corne est appliqué de petits personnages.

156 — Masse d'armes à ailettes, la main est cannelée.

157 — Paire d'étriers en bronze, ciselés sur chaque face de personnages en costumes romains, de têtes de gorgone, de têtes d'aégipans et de lions.

158 — Paire d'étriers en fer gravé, molettes en forme d'étoiles. Epoque Louis XIII.

159 — Eperon coudé, en fer, molette étoilée. Epoque Louis XIII.

160 — Mors de bride en fer, à gourmette et appliques en bronze.

161 — Couteau de chasse persan, garniture en argent niellé.

162 — Quatre hallebardes, fers de formes variées.

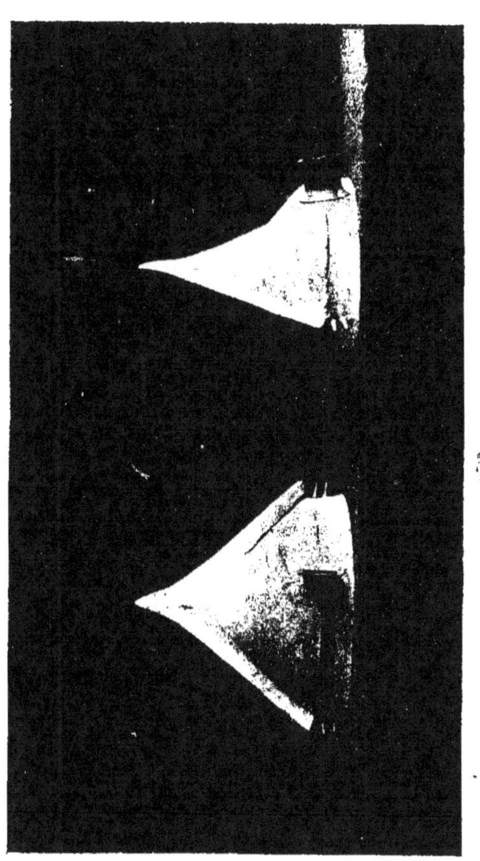

N° 45

FERRONNERIE

163 — Marteau de porte à mascaron portant en retour deux poissons contournés se rattachant à la platine d'attache ajourée xvɪɪ^e siècle.

164 — Marteau de porte à mascaron, à volutes, attaché à sa platine par une tête de mascaron en ronde-bosse xvɪɪ^e siècle.

165 — Petit heurtoir à volute, avec sa platine d'attache xvɪ^e siècle.

166 — Heurtoir forgé à mascaron xvɪ^e siècle.

167 — Moraillon de bahut xvɪ^e siècle.

168 — Serrure de coffre en fer à arcatures et double moraillon xve siècle.

169 — Serrure de bahut à colonnettes et à motifs gothiques ajouré xve siècle.

170 — Serrure de bahut feuillagée avec son moraillon et ses clous d'attache xve siècle.

171 — Serrure de bahut à colonnettes et à motifs gothiques ajourés xve siècle.

172 — Serrure de bahut à moraillon en forme de pot, avec un écusson aux armes de France xve siècle.

173 — Grand coffret rectangulaire, ajouré avec clef et cache entrée, xve siècle.

174 — Petit coffret rectangulaire ajouré, à moraillon, à double cadre et anneaux xve siècle.

175 — Petit coffret rectangulaire sur quatre colonnettes coquillées, à plate-bandes et deux poignées, sur les côtés, xvie siècle.

176 — Quatorze serrures carrées de bahut, décors divers, xve siècle. Ce lot sera divisé.

177 — Verrou de meuble, à clef, avec cache-entrée xve siècle.

178 — Deux cadenas et leurs clefs, xve siècle.

179 — Trois clefs, deux grandes et une petite, xviie siècle.

180 — Dix clefs grandes et moyennes du xviie siècle.

181 — Quatre clefs gothiques.

182 — Onze clefs diverses.

183 — Deux Christ en cuivre Limoges. xiiie siècle.

184 — Serrure de contadore à moraillon double avec sa clef à canon triangulaire. travail espagnol du xvie siècle.

185 — Edicule en forme de lanterne portant trace de dorure, xviie siècle.

186 — Quantité d'objets divers, pentures, verrous, heurtoirs, fers de hallebardes, entrées de serrures, etc. Ce lot sera divisé.

BOIS SCULPTÉS

187 — Devant de coffre. Sur la face dans un encadrement Apollon conduisant le char du soleil, de
chaque côté sont deux cariatides de guerriers et
de femmes. Renaissance.

188 — Grand coffre, sur la face, épisodes de l'histoire
d'Actéon, de chaque côté des femmes-sphinx ;
des cariatides de femmes forment les coins, les
côtés sont sculptés de mufles de lions et de cornes d'abondance, l'embase est godronnée. Travail flamand époque de la Renaissance.

189 — Frise faite de douze panneaux à personnages,
Renaissance.

190 — Autre frise composée avec des devants de
coffres de la Renaissance.

191 — Deux statuettes d'hercules en bois sculpté,
d'après MICHEL-ANGE.

192 — Dix statuettes en bois sculpté et doré du
XVIᶜ et XVIIᵉ siècle. Ce lot sera divisé.

193 — Deux grandes portes composées chacune de
huit panneaux Renaissance, sculptés.

194 — Entablement sur colonnettes sculptées et à
godrons.

195 — Devant de coffre sculpté représentant la Nativité de Jean.

196 — **Meuble médailler** fait de panneaux gothiques monté sur colonnes torses.

197 — Chaise espagnole à dossier sculpté, les pieds sont fait de cariatides.

198 — Devant de coffre : l'Adoration des Mages.

199 — Planche en bois pour imprimer des cartes à jouer. Renaissance.

200 — Planche pour imprimer le diplôme de la Confrérie des maîtres-verriers, vitriers de Rouen. Au centre saint-Luc, en haut, une gloire, en bas de la pièce. l'inscription suivante :

> Cette planche a été donnée par les sieurs Guillaume-Philippe et Jean le Viel en 1725.
>
> La Confrérie des Vitriers de Rouen fondée aux Carmes de la Ville en l'honneur de la très sainte Trinité et de saint Luc, signée Delamare, datée 1725.

201 — *Ecce homo*. Vierge assise tenant le corps de son fils étendu sur ses genoux, xviie siècle.

202 — Groupe : le Baiser de Judas.

203 — Petit coffre de la Renaissance sculpté sur la face d'une scène allégorique et sur les côtés de mascarons et d'hypocamphes, coins à cariatides.

204 — Soufflet en bois sculpté à personnages du temps de Louis XV.

205 — Deux fauteuils et quatre chaises, style Henri II couverts en peau de porc rouge et cloutés de bossettes en cuivre.

206 — Encoignure en bois de rose; marbre à doucine.

207 — Deux tables sur pieds tors.

MARBRE, ALBATRE

208 — *Ecce Homo* en marbre blanc. La Vierge assise tient le corps de son fils étendu sur ses genoux. Travail français de la fin du XVIe siècle.

209 — Mise au tombeau en albatre, fin du xvie siècle.

210 — Médaillon sculpté d'une femme à califourchon sur un cheval, fin du xvie siècle.

211 — Bas-relief en albatre touché d'or, représentant l'échelle de Jacob, fin du xvie siècle.

BRONZES

212 — Paire de chenêts en bronze doré. Epoque Louis XV.

213 — Lanterne d'antichambre. Epoque Louis XV, en bronze redoré.

214 — Lustre en bronze doré de style Louis XV.

215 — Six appliques assorties au lustre.

216 — Petit buste d'Empereur romain en bronze doré.

217 — Plat en cuivre poli et repoussé représentant un Saint-Michel, avec bandes d'oves en relief, xviie siècle.

IVOIRES, OBJETS DE VITRINE

218 — La Vierge offre un fruit à l'enfant Jésus assis sur ses genoux. Travail en bois du xviie siècle.

219 — Statuette de Saint-Paul en buis sculpté du xviie siècle.

220 — Statuette de Vierge tenant l'enfant Jésus sur ses bras, bois sculpté du xviie siècle.

221 — Statuette de Vierge en bois sculpté, debout, elle écrase le serpent sous ses pieds. Travail espagnol du xviie siècle.

222 — Croix en ivoire sculpté, reposant sur un calvaire au centre duquel se voit une Sainte-Madeleine en prière. Fin du xviie siècle.

223 — Grand peigne en buis.

224 — Grand peigne en écaille.

225 — Boite Louis XVI en cuivre gravé et doré.

226 — Boite ronde en cuivre gravé et doré. Louis XIII.

227 — Fourchette dont le manche est fait d'une statuette de femme en os, tenant une épée et une plume. Époque Louis XIII.

228 — Ecrin en galuchat, contenant une pince à bougie et son écran, argent.

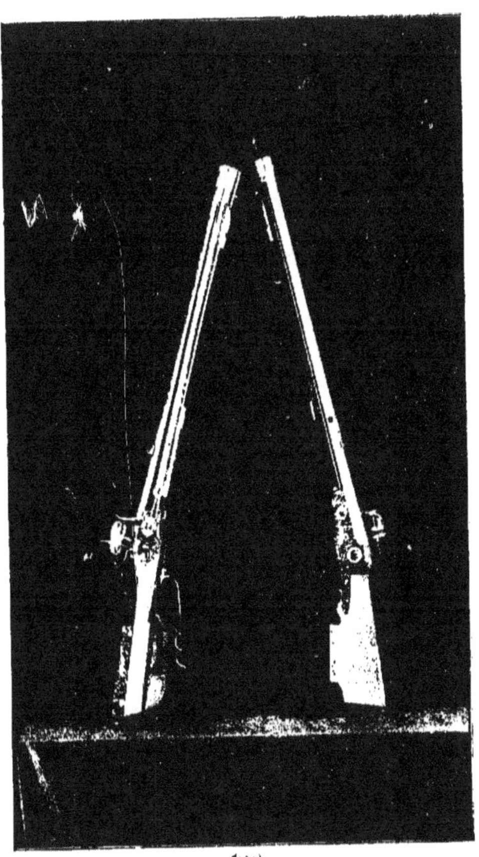

N.º 146

229 — Quatre petites pelles à sucre en argent et une
paire de ciseaux en acier et argent. Epoques
diverses.

230 — Estampé en cuivre : le bourreau perce le flanc
de Jésus d'un coup de lance. Epoque Louis XIII.

231 — Boîte en écaille montée d'une miniature :
portrait de jeune femme du temps de Louis XVI.

232 — Navette en nacre d'époque Louis XV, gravée
et dorée.

233 — Carnet garni en argent doré, à l'intérieur une
inscription manuscrite indique que le carnet
aurait appartenu à Mme la duchesse de BERRY.

234 — Fragment d'étoffe avec une lettre manuscrite
signée Victoire SEVIN, indiquant que ce fragment
fut trempé dans le sang du duc de BERRY.

235 — Coiffe ayant appartenu à Mme Elisabeth de
FRANCE.

> L'authenticité de cette pièce résulte d'un procès-verbal
> dressé à Rouen par M⁰ Eugène HUREL, commissaire-
> priseur, le 10 mars 1896, à la suite d'une vente à la
> requête de : notamment Mme Louise-Thérèse-Françoise
> CLÉRY de GAILLARD.
> Cette pièce fut vendue sous le nᵒ 5 du catalogue qui
> s'exprime ainsi :
> « Coiffe en toile ayant appartenu à Mme Elisabeth,
> avec une épingle en laiton qui servait à l'attacher. »
> Cette coiffe fut achetée pour le prix de neuf cents quatre-
> vingt-dix francs par Mme la marquise de NEUVILLE, fille
> de défunt M. de GLANVILLE.
> Le procès-verbal dont il est fait ici mention sera donné
> à l'acquéreur.

Il est bon de noter que Mme Françoise Cléry de Gail-
lard était la fille de Cléry, valet de chambre de
Louis XVI.

Cette pièce paraît d'une authenticité indiscutable.

236 — Petite plaquette contenant une inscription :
« Vue bon, Marie-Antoinette, avec une inscription
postérieure ainsi conçue :

« Signature de la reine Marie-Antoinette d'Autriche,
conservée par Mme Thiercy de Ville-d'Avray, ma mère,
lorsqu'elle la servait. »

237 — Petit col en toile brodée, ayant été porté par
le duc de Bordeaux.

238 — Bourse en velours bleu, brodée en soie, à
double écusson au centre, dont un aux armes de
France.

239 — Trois montres en or et une en argent.

240 — Cachet en or, monté d'un camée à deux
couches, intaillé d'une tête de Mercure.

241 — Cachet et boucle de ceinture en or.

242 — Vitrine contenant une collection d'échantillons
de marbres rares, agates, intailles, sardoines et
pierres dures. (Ce lot sera divisé.)

243 — Coffret à ouvrage en ébène de forme carrée,
avec appliques, écoinçons et serrure en argent,
travail Espagnol d'époque Louis XIII.

244 — Coffret carré garni en ratine bleu avec pentures serrure et poignée en cuivre doré.

245 — Coffret en bois, rectangulaire, orné de plaquettes en ivoire repercé, travail italien.

246 — Coffret forme malle, dessus pelotte, garni en
argent repoussé, travail espagnol du temps de
Louis XIII.

247 — Seize pièces verrerie. Venise Hollande. Ce
lot sera divisé.

248 — Onze verres à liqueurs gravés.

249 — Deux coupes en verre taillé.

250 — Chapelet du temps de Louis XIII en verre,
monture en cuivre repercé et doré.

251 — Six pièces en pierre de lare. Travail chinois.

OBJETS PRÉHISTORIQUES

252 — Dix-huit pièces, haches de pierre en silex.

253 — Seize pièces, haches en bronze.

254 — Quinze pièces, fragments de poterie gallo-romaine, statuettes en terre, lampes romaines.

255 — Quinze pièces en métal, fibules, anneau, animeaux, etc.

256 — Deux statuettes égyptiennes.

257 — Meule du Moyen-Age.

258 — Lot de poteries gallo-romaine.

259 — Sous ce numéro les objets non catalogués.

NOTA : La vente de la Bibliothèque qui se compose de nombreux ouvrages sur : l'Histoire, l'Archéologie, les Beaux-Arts, la Littérature, la Numismatique, l'Histoire naturelle et la Normandie,

Sera faite du 10 au 15 mai prochain.